Pico na Veia

Agosto/2015

Obras do autor

234
33 contos escolhidos
Abismo de rosas
Ah, é?
Arara bêbada
Capitu sou eu
Cemitério de elefantes
Chorinho brejeiro
Contos eróticos
Crimes de paixão
Desastres de amor
Dinorá
Em busca de Curitiba perdida
Essas malditas mulheres
A faca no coração
Guerra conjugal
Lincha tarado
Macho não ganha flor
O maníaco do olho verde
Meu querido assassino
Mistérios de Curitiba
Morte na praça
Novelas nada exemplares
Pão e sangue
O pássaro de cinco asas
Pico na veia
A polaquinha
O rei da terra
Rita Ritinha Ritona
A trombeta do anjo vingador
O vampiro de Curitiba
Virgem louca, loucos beijos

Dalton Trevisan

Pico na Veia

2ª edição

EDITORA RECORD
RIO DE JANEIRO • SÃO PAULO
2008

CIP-Brasil. Catalogação-na-fonte
Sindicato Nacional dos Editores de Livros, RJ.

Trevisan, Dalton, 1925-
T739p Pico na veia / Dalton Trevisan. – 2ª ed. – Rio
2ª ed. de Janeiro: Record, 2008.

ISBN 978-85-01-06549-0

1. Conto brasileiro. I. Título.

CDD – 869.93
02-1763 CDU – 869.0(81)-3

Montagem de capa: Ricardo

Direitos exclusivos desta edição reservados pela
EDITORA RECORD LTDA.
Rua Argentina 171 – Rio de Janeiro, RJ – 20921-380 – Tel.: 2585-2000

Impresso no Brasil

ISBN 978-85-01-06549-0

PEDIDOS PELO REEMBOLSO POSTAL
Caixa Postal 23.052
Rio de Janeiro, RJ – 20922-970

CÓPIA NÃO AUTORIZADA É CRIME
ABDR
ASSOCIAÇÃO BRASILEIRA DE DIREITOS REPROGRÁFICOS
RESPEITE O DIREITO AUTORAL
EDITORA AFILIADA

1

Do último verão, no tronco da árvore, a casca vazia de uma cigarra: ouça o canto.

2

— O meu café da manhã é uma pedra. Se estou na pior, um baseado. Aí me dá uma fominha desgracida. Vou chegando bem doidona: "Ei, tô com fome. Ei, galera, tô com fome." Até descolar um rango.

Ali no ponto de ônibus: "Ô tio, só pra inteirar a passagem? Valeu. Tem condição, ô tia? Valeu." Quando você vê, tá riquinha de moeda. Esse golpe é fatal.

Já se encosta no carrão das bacanas. Troca uma idéia e tal pra liberarem uma grana. Completar a passagem pra lugar nenhum. Isso não é roubo, é viração.

Tava com fome, pedi um trocadinho. A tia gritou. Aí peguei a bolsa e corri. Se lutasse eu furava ela. Fatal. Não gosto de pedir. É muita humilhação. Então saio pra roubar.

Minha família é a rua. A zoada. Só ando sozinha. Amigo não tenho. Ninguém tem amigo no mundo, não. Na rua desde os seis anos. Fumando pedra, zanzando, roubando.

De bode, não consigo comer. Falo sozinha, não sei onde estou. Fico dez dias sem dormir. Só converso comigo e penso maldade. Muita vez faço sem querer. Meto a faca num pivete. Seja ele, orra, não eu.

Comecei com cigarro, benzina, maconha, cola, éter. Depois pedra. Se dá, pico na veia. Foi por safadeza mesmo e pra vingar do puto do pai. Só queria fazer sacanagem. A pedra não é o mal. O mal é as pessoas mesmo.

Alguma vez tiro cadeia só pra engordar. Tomara fique bastante tempo. Daí paro um pouco na pedra. Chapada, quase me enforquei no casarão.

Ai, tossinha fodida. Sou é viciada mesmo. Fumo adoidada o que tiver. Tudo de uma vez, um montão de pedra. Quando tenho, também dou. Pode que um dia precise. Aí fumo e apago.

Compro lá na boca. Pra ter dinheiro eu roubo. Hoje foi uma tia, ela se assustou, quis gritar. Só falei: "Sai que eu te corto." Valeu.

Tem dia que tô muito louca. Fumo e fico pirada. Aí não posso olhar pra pessoa. Acho que tão querendo me bater, me matar. Saio de perto pra não dar confusão.

Ô cara, que que eu tô fazendo aqui? Eu não sei viver. Penso de morrer pra ver como que é. Tô tossindo por causa da pedra. Dói muito aqui no peito.

Entrei nessa de babaca. Se quisesse, tava numa boa. A rua não tá com nada. É muita matança. Fui eu que ferrei com minha vida. Acho que a pedra me comeu a cabeça.

Só fumo sozinha. Todo mundo é muito sozinho. Pô, tem vez que fumo com o negão, no mocozinho. Daí a gente dormimo junto. Fatal.

3

Um bom conto é pico certeiro na veia.

4

A tipinha de dois anos que passou a tarde com a avó:

— Pai, pai.

— Sim, filhinha.

— Xópi... compra... cartão...

A mesma pessoinha voltando da outra avó:

— Pai, pai.

— O que, filhinha?

— O Senhor é convosco.

5

— O que eu sabia? Nadinha de nada. Tentei o Mobral e desisti numa semana. Daí conheci a Maria. Ler o corpo dela na cama foi a primeira lição: bo-ca, sei-o, pen-te. Com os números do seu telefone me ensinou a contar. E brincando com as letras do nome dela não é que aprendi a e-s-c-r-e-v-e-r?

6

Curitiba: não o relincho de tuas estátuas eqüestres — sim a alameda escondida dos teus plátanos no Passeio Público.

Não a tua ópera do ufanismo babaca — sim os teus sinos da Igreja dos Polacos numa noite de janelas acesas no céu.

Não os portais dos teus sete monumentos ao horror — sim as tuas velhas casas de madeira com degrau, varanda, lambrequim.

Não o teu memorial ao merdoso *kitsch*, Curitiba — só uns poucos rostos queridos.

7

— Tão triste, eu, nem putinha devia ser. Puta é alegre, sempre às gargalhadas. Vestido vermelho, peito de fora. Olha só eu, ai de minzinha.

8

Na noite branca da insônia você tenta uma por uma as 64 ciências e artes do *Kama Sutra* — nem assim atinge o prazer solitário do sono.

9

A menina ao pai divorciado:

— Pai. Me diga, pai.

— Sim, filhinha.

— Você já tem namorada?

— Não. Ainda não.

— Sabe, pai...

— O que é?

— ...a minha mãe está livre.

10

— Qual o teu último trabalho?

— Negócio de congelado.

— E daí, como foi?

— Ainda lá em casa. Não coloquei nenhum.

— E antes disso?

— Transava consórcio. O governo baixou uma portaria. Tudo acabado.

— Antes do consórcio?

— Vendi leite de cabra.

— E então?

— O lucro se foi todo no frete.

— E agora?

— Na luta por esse emprego de relações-públicas.

11

— Ergue a blusa.

— ...

— Baixa a calcinha.

— ...

— Fica de joelho.

— Pede perdão, sua...

— Ai, não. E o chicotinho, pô? Esqueceu? De novo, João?

12

A famosa catarata, as Sete Quedas, uma das maravilhas do mundo? O que eu vejo é o rosto, esse pobre rosto em primeiro plano.

13

— Orra, nem te conto. Três anos de fúria e loucura: droga, sexo, bebida.

— ...

— Perdi mulher, casa, emprego, amigo. Sei lá como não morri.

— ...

— Mas não me arrependo. Bem me diverti quando estava doidão.

14

Ele espera a coroa no ponto de ônibus. Bebem duas cervejas no bar, a caminho da pensão. O quarto 23 dos fundos. Se despem sem pressa, por último ele tira o escapulário, fiel protetor desde os cinco anos.

Duas horas depois, vestidos e faceiros. Ele de sapatinho branco. Galã até o fim, vai levá-la ao ônibus. Na primeira esquina, epa! A mão tateia o pescoço nu, cadê o santo bentinho? Lá ficou no cinzeiro de vidro, ao lado da cama. Aflito se despede.

Na portaria, acena para a gorducha risonha: "Esqueci... Já venho." Sobe ao quarto, a camareira (essa mesma, loirinha e arretada) estende o lençol. "Voltou pra mim, gostosão?" Que safadinha.

Ela? ele? fecha a porta. Ele mal se desabotoa. Com as duas mãos ela ergue a saia. Uma rapidinha, não menos gloriosa. Aos pulos, desce os nove degraus.

Esbarra na gorda ao pé da escada, toda sorriso no dentinho de ouro. Já na esquina, epa! A mão no pescoço nu — e a preciosa relíquia? Ainda lá no cinzeiro de vidro.

Fim do corredor quem o espera, um brilho no dentinho, braços roliços que são um convite?

15

Três da manhã na praça. Ei, cara, ouça os passos da estátua do Marechal de Ferro que sofre de insônia e, espadinha na mão, ronda pra cá pra lá.

16

— Assim feia, pudera, tão sequinha. Vinte anos de lágrimas de sangue. Uma filha retardada e paralítica. Tem de cuidar sozinha, pois a sogra, morando na mesma casa, não a ajuda. Um dia perguntei: “A senhora não tem pena? Afinal, é sua neta.” E ela: “Ah, não. Do meu coração fiz uma pedra de gelo. E do meu olho, vidro escuro. Assim não vejo, não sinto, não choro.”

17

— Fosse você Capitu, querida, e teria o pobre Bentinho jamais desconfiado de Escobar e do outro. Dos outros.

18

Curitiba — essa grande favela do primeiro mundo.

19

— Eu ia casar com um arranjo de camélia no cabelo comprido até a cintura. Meu pai quis pintar a casa para a festa. Um dia antes não me derruba na cabeça uma lata de tinta verde? Tive que cortar o cabelo bem curtinho. E deu tudo errado no casamento.

20

Recado na secretária:

"E aí, bundão? Ocê memo. Pensa que é o bambambã! Ocê tá sujo, safado. Comeu a gata do primo do Carlão, né? Se ferrou, cara. Agora é tua vez. Tô indo aí nesse teu trampo. Já te pego, meu. Bem feito procê aprender. Se esconde não, que tô na tua cola. Tem de pagar, malandro. O Mané tá indo aí. Tua hora chegou, bundão."

21

Assim o cãozinho quer pegar no chão a sombra do vôo rasante do pássaro, você persegue no tempo a lembrança em fuga dos teus mortos queridos.

22

No Passeio Público, ao longo do viveiro de aves, o menino para a mãe:

— Olha só, mãe. Aqui não tem nada. Legal, né? A gaiola tá vazia.

23

Um vulto ao longe — será a tua alma gêmea?
Ele se aproxima, um tipo qualquer.
De perto é sim João, o Estripador.

24

— Esse outro eu não aceito. Me recuso a dividir com um panaca a minha mulher. Você tem de escolher: eu ou ele.

— Bobice, querido. Ora, o que você perde? Para mim esse aí nada significa. Você é único. O meu amor é demais para um só. Grande bastante para dois e três. Quer a prova, docinho? Vem para os meus braços. Vem.

25

O casal brigado, de costas. Longo silêncio. De repente o velho:

— Sua diaba. Pára de ficar ouvindo o meu pensamento!

26

— Um bicho me rói o fígado. Dia e noite lá está ele. Vivo à custa de comprimido. Hoje tomei sete. A dor não passou. E agora, meu Jesusinho?

27

O casal divorciado assim que a filha nasceu. Aos três anos, ela passa as férias com o pai, morando noutra cidade. De volta, com a mãe, folheia um álbum de fotos.

— Olha só, mãe. Esse aqui com você...

Gritinho de espanto:

— Ei, você conhece o meu pai!

28

Bato palmas no portão. A dona demora mas vem atender. Pronto, eu pensei, está morta. Já morreu essa aí. Disfarço contando a minha desgraça: sem emprego, os filhos com fome. Aceito qualquer serviço a troco de nada.

De sovinice, para segurar o escravo, ela nem pede referência. Por uma semana lido no jardim e faço pequenos consertos. Eu tenho de matar. Acabo de cortar a grama e varrer o quintal. Só esperando a hora certa.

Ela vem fiscalizar o trabalho. Reclama sempre: esqueceu de aparar aqui, não varreu ali. Essa velha imprestável. Não faz nada e fica dando ordem. Me vira as costas para entrar na casa.

Antes de fechar a porta, pulo atrás dela e aplico um arrocho de goela. A velha se debate e arranha.

Mais forte que eu, orra, de cabelo branco e tudo. Lutamos pela sala e de tanto a esganar ela desmaia. Amarro no papo murcho a coleira de cachorro, bem apertada.

Entro no quarto e vou botando na mochila: jóia, perfume, uns dólares, talão de cheque, uma pistola antiga. Abro a geladeira e bebo o resto de vinho tinto na garrafa. Pô, que delícia.

O que posso ainda levar? Ouço a velha gemer. Chego, ela me olha com ódio. Dou mais um aperto na coleira. Depois tenho uma idéia. Enfio o saca-rolha no teu ouvido esquerdo: ah, não varri aqui? E no direito o espeto de churrasco: sim, ali não cortei? Lavo as mãos, tranco a porta e caio fora.

Não me arrependo, não: os filhos com fome, a mulher grávida. Desse jeito não dava mais. Era forçoso mudar de vida. Espero que a velha tenha demorado a morrer. Mas não fiquei lá pra saber.

29

— Meu filho deu para andar só de cueca pela casa, tudo à vista. Ele não é mais criança. Para onde você olha, lá está esse joão-teimoso de pé te apontando.

30

— Quando penso no infinito, sabe o que me segura de ficar louco? Me lembro que o cheque no banco tem limite. Logo, não posso gastar sem fim e eternamente. Se eu fosse rico, já viu, agora bem doidinho.

31

A mulher:

— Esse aí estuda para Doutor em Filosofia e, nas horas vagas com a família, se dedica a ser um refinado monstro.

32

— Ai, amor. Sou bem putinha pra você? Deixa ser um pouquinho mais.

— Uma cadelinha vadia?

— Sim. Faz miséria comigo. O que você quiser. Estou pronta pra tudo. Mas você não é homem.

— Ah, não sou? Quer umas palmadas, isso sim. Nessa bundinha empinada?

— Seu viado. Prove que não é.

— E agora? Está gostando?

— Sim, ai. Não com tanta força. Sim, ai. Mais, amor. Mais.

33

Tivesse o nariz mais curto, não seria Pascal um grande frasista.

34

— Esse aí me adora, sim: daqui pra baixo.

35

— Os meus cabelos eram longos assim. A mãe resolveu cortar, me levou ao Salão Azul. Antes uma foto, sentada de costas — eles arrastam no chão. Ela os recolheu e guardou numa caixa de plástico. Em cada mudança, e foram muitas, lá ia junto. Quando casei, o meu grande presente foi essa caixa de fita vermelha. No terceiro dia o meu marido a olhou bem, achou cafona, atirou pela janela. E nunca mais eu fui feliz.

36

O menino para a mãe:

— A vovó buliu no meu pintinho. Ela diz pra não contar.

Essa não, meu Deus, pensa a nora, iluminada. Afinal eu entendi. Agora sei de tudo. O grande segredo do filho dela. Porque ele é assim... tão...

37

Na farmácia, a mocinha com o bebê no colo, apagando a voz:

— Uma caixa de pílula e um batom bem vermelho.

38

Doutor, mando pedir um favor, só o senhor pode me salvar, estou muito prejudicado por um falso remédio, me deram uma colher de pólvora crua com sal e limão para disfarçar, agora eu fiquei sabendo, isso foi quando recolhi a segunda mulher, então a primeira de vingança me deu o tal remédio, passei muito mal com sangria, agora estou sentindo o forte asco da pólvora, me sai pela boca e o nariz, mais um inchume na barriga, com ânsia de vomitar, e não procurei recurso antes porque não sabia, maginei muito mas outra doença não foi, foi sim a primeira mulher que me envenenou dizendo que era tratamento, agora estou todo arruinado, se o senhor não me der uma receita para melhorar, não vim na sua casa que as pernas já não andam, se eu pego um táxi falta o dinheiro para o remédio, essa fraqueza foi de uma febre, tão forte que sentia fervura por dentro, foi só uma noite mas me deixou arriado e me cortou a força, ainda uma tonteira muito grande, mais uma placa amarela na língua, sinto fome e não posso engolir, o senhor me desculpe de pedir essa receita, tudo é culpa da maldita primeira mulher, o seu criado obrigado, João.

39

Guido Viaro, uma rua barulhenta de Curitiba. Mestre Poty, uma Praça Tiradentes às cinco da tarde, florida de mocinha, maníaco sexual, pombo branco em revoada. E eu, mal de mim, esse perdido beco sem saída atrás da Catedral.

40

— Aqui na minha palma o teu peitinho: a mais perfeita curva em toda a esfera celeste.

41

À saída da fábrica de bijuteria, a operária entregando ao segurança a marmita suspeita:

— Ela faz barulho? Reviste. Pode revistar. Veja quanta jóia tem aí dentro.

— ...

— Só ossinho de galinha do meu almoço.

42

— Ai, querido, você não deve me censurar. Eu não volto sempre para você? E sempre mais experiente, mais segura de mim. Não fossem os outros, me diga, saberia eu comparar? Cada um deles só me faz reconhecer que você é o grande, o único, o eterno amor de minha vida.

43

— Ai, que eu fique nervosa. Me desespere. Pronto, mais uma crise. Só chorando muito ela passa. Do contrário, caio de costas na rua. Ou no ônibus, se não estou sentada. Que vergonha. Acordo molhadinha. Duas gotas de sangue na língua mordida.

44

O velho para a mocinha:

— O que mais você quer? Não te dei um relógio que brilha no escuro? Uma calcinha vermelha de renda preta? Quem te lavou o corpo quando era uma ferida só?

45

Na segunda-feira você pode levar o teu brinquedo ao Jardim. A menina tinha ganho um gato de pelúcia todo branquinho — e foi com ele. A colega:

— O gatinho é de verdade?

— É, sim.

— Não pode. Só de brinquedo. Ei, por que a etiqueta rosa?

— Assim ninguém desconfia.

46

— Ela só dorme com a mão bulindo no teu punhal de mel: *Assim ele sabe de quem é.*

47

Só os dois no casarão. O pai, viúvo. O filho, noivo. Dois irmãos, casados e distantes. O pai começa a chegar à noite depois do filho.

Na visita ao randevu o rapaz vê o estranho objeto — um livro! — no quarto da loirinha. Uma das obras jurídicas do pai, com dedicatória.

— Quem é?

— O meu coronel.

O filho em pânico, já pensou? o escândalo — o que dirá a rica família da noiva? Dia seguinte com ela, jogam tênis. Depois nadam. E dançam. Ele bebe demais, discutem. Ela rompe o compromisso.

O moço volta bêbado para casa. Dói fundo no peito um espinho de fogo. Alta noite, luzes acesas, o pai à sua espera.

— Ando preocupado, meu filho.

Acha que é com ele.

— Não há razão, pai.

— Na minha idade, na minha posição, não posso me expor. Algum vexame. Penso de casar. Me sinto na força do homem. É moça direita, professora.

Já sei, diz o filho consigo, é a putinha.

— Você teria alguma objeção?

— Não, pai.

Tão perturbado, começa:

— Até acho...

E pronto se cala.

48

O velhinho:

— No meu último suspiro, me traga a última das mulheres e olha eu aqui de joelho e mãozinha posta.

49

— ...e o meu filhinho ainda na barriga optou por ficar cego para não ver as dores da mãe com esse monstro de marido.

50

— Eu tinha 13 anos e trabalhava numa casa. Um dia o patrão me mostrou o pinto. A mulher dele viu, deu um grito forte. Não me assustei com o pinto e sim com o grito. Saí correndo pra tomar formicida com gasosa de limão.

— E daí?

— Ela que não deixou.

51

— Do amor desprezado fiquei mudo, surdo e cego. Mudo porque você não me fala. Surdo porque não me ouve. Cego porque não me vê.

52

O velho:

— Acordo às três da manhã. Daí começo a brigar.

— Com quem?

— Com a minha cabeça.

53

À passagem da moça de terninho branco e óculo de sol todos os cães de Curitiba correm aos portões uivando e ganindo o teu louco amor.

54

Loira, magra, pálida. Olhinho verde. Faz o curso de normalista em Curitiba, pronto adoece do peito. Volta para casa se tratar com repouso e comida farta. De noite à janela, almofada no peitoril, se distrai com o movimento na praça.

João começa a subir e descer a rua. Ela não sai da janela. Na quinta ou sexta noite, ele ganha coragem: "Boa noite." Ela acena de leve. Na volta, ele pára. Assim inicia o namoro. Com aprovação da mãe que se afasta quando ele surge na esquina.

Grande vexame a avozinha caduca, guardada longe das visitas. De repente salta a cabecinha branca na janela do sótão e berra o palavrão medonho. Os dois pretendem não ouvir. A moça olha fixamente as luzes piscantes na porta do cinema.

Um mês de namoro sob a janela. Depois ele entra na sala. É quando o tio médico o aborda na praça:

— João, sabe a doença que ela tem, não é? Ela se apaixona por você, e daí? Você compromete a moça, que não pode casar. Serão os dois infelizes.

Perturbado, roído de culpa, se despede da namorada. Já lhe devolvendo os presentes: um retratinho 3x4, outro colorido, tamanho postal. Mais a fitinha rósea de cabelo. Motivo: uma longa viagem de estudo.

Arrependidíssimo volta para casa, chutando pomba na calçada e se chamando rato piolhento com gravatinha-borboleta e tudo.

Nove da noite, ao cruzar a praça, dá com a moça à janela. Amor, pena e remorso, aproxima-se. Ela, voz chorosa:

— Veio me dizer o que esqueceu ontem?

No peito sete agulhas fininhas de gelo.

— Não. Vim dizer que te amo. E não quero te perder. Você me perdoa?

Eis a cabecinha branca da velhota na janela do sótão:

— Pu-ta-que-me-pa-riu!

Reconciliados, os dois riem com gosto.

Conselho médico, ela deve passear toda manhã respirando o ar puro do campo — ele ao seu lado, mãos dadas. Lívida e linda, na face uma pétala carmim de febre, tossicando no lencinho rendado. Convencidos, ele mais que ela, que para tão grande amor tão pouca é a tísica.

Sem aviso a família decide mudar para Curitiba. Eles passam a se cartear: "Quando me deixou, ai João... pensei de ir para a cama... nunca mais levantar... agora deitada ficarei.... me levem de volta para você..."

Mal sabe a pobre que desta vez. Na carta seguinte, a última, um anel de cabelo: seria loiro? ai não, branco seria?

Tão saudoso, com tamanha aflição, deitada lá longe, ele salta correndo no primeiro trem. Na tarde florida de sol, à sombra de uma árvore, espia a casa de veneziana verde. Pra lá pra cá, por duas horas, na louca esperança de uma luva de crochê acenando da janela.

— Por que não bateu?

— Não tinha liberdade para isso.

Dia seguinte a notícia da morte no sono. Meses depois, a mãe vai à casa de João pedir de volta cartas e retratos. Ele remexe no bauzinho e entrega o seu tesouro mais precioso.

— Mas não devolvi todas. Uma eu guardo até hoje.

55

— Pára. Ai, pára. Ai, ai. Pára.

— Pronto. Já parei.

— Quietinho.

— ...

— Não, não. O punhal deixa ficar.

56

— De repente ali o grande buraco na camada de ozônio. Já se derrete a calota polar. Ai de quem não usa óculo escuro e boné. Nunca você põe um cigarro na boca — e a vida inteira é fumante passivo, grupo de alto risco. No teu carro, vidro fechado, já o vilão do efeito estufa. Pedestre, se afoga nos gases venenosos do tráfego. Uma transa inocente com a linda mocinha é a peste negra: agonia certa em três meses. Liga a tevê: se não a Xuxa de chupeta e babeiro, eis o Cauby na peruca de cachinho ruivo. O alto-falante na esquina te chama pelo nome: "Salva tua alma. O Senhor Jesus é a última chance. Mais informações: disque o número..." O culpado de tudo? É o maldito gerente do banco. Não sei como. Eu sei que é ele.

57

Natal. A velha acende a luz da varanda. Bem-posta na poltrona da sala. Boquinha vermelha em coração. Salto alto e bolsa no colo. Toda em flor:

— Estou à espera do João.

Esse mesmo João finadinho há que anos?

58

— Tua doce lembrança, ai maldita, essa brasa dormida nas cinzas frias do meu coração.

59

No banco da praça uma gorda grotesca oferece a coxa grossa. Girando a ponta da língua, sorri a todos que olham. E, sem errar o ponto, tricoteia — com que arte! — uma blusinha de lã.

60

Nove da noite, Edu visita a namorada. Jantam, fazem amor, cochilam. E, mais uma vez, discutem. Duas da manhã, ele se veste. Furioso deixa o apartamento. Aperta o botão do elevador e muda de idéia. Em vez de descer, sobe dois lances de escada. Da cobertura vazia do 11º andar espia o quarto da amante.

— O que está fazendo, essa bandida? Chorando, descabelada? Falando alegrinha com outro?

Mal se debruça na sacada, o terraço é inundado por uma luz no apartamento. Já se volta, surpreso — ai não, um rosto de mulher na vidraça. Foge aos saltos pela escada.

A mulher, que acaba de se mudar, grita de susto. Sai do banheiro o marido, ainda se enxugando.

— Um homem. Ali. Na janela.

Maldita cidade com um maníaco sexual em cada esquina. Assim mesmo — sandália, toalha na cintura e revólver em punho — João corre para o elevador.

Na rua, diante do prédio, alcança o espião. Aos berros, lhe aponta a arma para a cabeça:

— Fala, seu tarado. Por que frestava a minha mulher?

Mãos no alto, Edu gagueja a briga com a namorada. Na dúvida, ainda agressivo, João o segue ao apartamento 903. A moça conta a mesma história. Edu trêmulo volta aos braços da sua neguinha e João à sua cobertura. Explica o incidente para a mulher e entrega-lhe a arma para guardar.

— É muito macho, esse meu gostosão.

A cena de rua é observada por dois populares, que avistam um carro da ronda e falam do tipo ameaçado de morte. O porteiro tudo confirma aos dois policiais, que sobem primeiro ao 9º andar. Conversam com Edu e depois vão ao 11º para ouvir o João.

Esse, agora de cueca, dá a sua versão e, como não tem registro, nega a posse do revólver. Em ligeira busca os dois acham-no sob o tanque da área. O moço recebe voz de prisão. Deve acompanhá-los à delegacia para esclarecimento. Mais a mulher, como testemunha.

Já no corredor João pede para se vestir. Vigiado por um dos tiras, escolhe camiseta amarela, bermuda branca, mocassim marrom. Enfia nos bolsos lenço, documento, dinheiro, pente e...

— Cadê minhas chaves, Maria?

De repente muda de idéia. Um pulo mais outro e alcança a pequena sacada:

— Eu não vou.

Apóia a mão esquerda na grade.

— Não fiz nada.

Um grito da mulher, agora é tarde.

— Sou inocente.

E o salto no vazio.

61

O exibicionista, abrindo a capa:

— Aqui, suas diabinhas. Olhem todas. Vinte e um centímetros de puro prazer. Só pra vocês. Ai, safadinhas. Vinte e um... de... Ai, não fujam. Esperem. Não é justo, ó Senhor. Assim... eu não...

62

Ao ler a traição de Capitolina, geme a santíssima Carolina:

— Ai, Machadinho. Que dirão as minhas amigas no chá das cinco?

63

— Ela me respondeu: "Não, eu não posso casar. Você gosta mais da tua mãe que de mim."

— Pô, e você?

— Ora, casei com uma. E fiquei com a outra.

64

Ao ler a traição de Ana Karênina, geme a santíssima Sófia:

— Ai, Léon. Que dirão as minhas amigas no chá das cinco?

65

— Minha tia mandou duas amigas me segurarem para ela surrar. Daí me bateu sem dó. Na hora que saio daqui, eu pensava, vou pegar a faca de cabo preto e mato essa desgracida. Fim da surra, pego a faca, vou atrás dela. Muito faceira na esquina, conversando com uma vizinha. Dou a primeira facada no coração. Mais esfaqueio, mais quero sangue. Chamam a polícia, me trazem no camburão. Agora bem-comportada, eles acreditam que me arrependi. É que morro de medo de ir para o cadeião.

66

Ao ler o cântico para Sulamita, geme cada uma das 700 esposas e 300 concubinas:

— Ai, Salomão. Que dirão as minhas amigas no chá das cinco?

67

O pintor de domingo:

— Puxa, trabalhei duro a manhã inteira.

A mulher:

— Como é que não te ouvi cortando a grama?

68

— Eu me tornei gorda, feia e velha por amor do meu filho. Quando ele se fez moço, me proibi de usar decote. Batom. Saia curta e justa. Saltinho alto? Nunca mais.

69

— Discussão com ela? Desista, cara. Você não ganha uma só. Mesmo quando estão de costas — os dois em silêncio.

70

A mãe da aniversariante surpreende a convidada bem quietinha na cama dos presentes:

— Ai, menina. Comendo todos os bombons... Não pode. Os presentes são da Aninha.

E a pequena, com a última delícia inteira na boca:

— Pode, sim. Este fui eu que dei.

71

Curitiba toda catita do primeiro mundo — com essa população de quarto mundinho?

72

— Os dois caras queriam dar uma lição no velho, pela dívida com a Evinha do Pó. Me convidaram pra fazer o serviço com eles. Eu não topei, o velho era fofinho. E fui só espiar de longe. Mas na hora, quando vi, lá estava eu baixando umas boas ripadas. Dos três era o que batia certo. Com a quina do sarrafo, que dói mais.

73

Dia das Mães: Quantos crimes literários, ai, mãe, são cometidos em teu nome!

74

— Ai, feliz era eu quando tinha ali na cama três bombons recheados de licor: a tua boquinha vermelha em coração, o teu peitinho branco em flor, esse teu púbis de asinhas douradas de colibri.

75

No conto "Um capitão de voluntários" (em *Relíquias de casa velha*) a personagem Maria, "voltando do Rio Grande, morreu em Curitiba".

Segundo Machado, a tua Curitiba (essa mesma do pai do finório Escobar) é uma boa cidade, ai, para você morrer.

76

— Alô? É você, João? Ainda bem que atendeu. Ai, estava agoniada. Com a tua separação da Maria, veio a notícia... Um gesto desesperado. Graças a Deus que não...

— Não, tia. Não me suicidei.

— ...

— Mas estou morto.

77

— Foi o primeiro amor, um amor tão desesperado, quando ela me deixou, ai de mim, só não morri porque, aos 20 anos, você não morre.

78

— Enfim liguei pro João. Atendeu a mulher. Aos poucos ele se recupera. O derrame deixou seqüela. A idéia meio perdida. Sabe o que ela me disse? Pretendia levá-lo, puxando da perna e tudo, para te visitar no hospital...

— Epa. Que história é essa?

— ...desenganado há um mês, esperando o fim. A doença que não diz o nome.

— Orra. Mas que desgracida.

— Tadinha, não está melhor que ele. Se queixa de tontura e pé inchado. Ouviu a notícia de uma neta. Sabe como é, esses netos de hoje. Desmenti, que não. Nunquinha. Você estava em boa forma.

— Pô, de repente lembrei do tipo. O outro, lá no hospital. Nos últimos dias. Quem será, o infeliz. No meu, no teu lugar. Já pensou?

— Ei, cara. Corta essa. Me fala do teu novo amor.

79

— Cuidado, amor. É muito botão nesta blusa. Ai, espera. Eu te ajudo.

— Nunquinha. Tanto mais botão, melhor. Cada botão, ai, quanto beijinho? Primeiro botão... um, dois, três. O segundo... cinco beijinhos.

— ...

— Terceiro... ai, amor... nove beijinhos? Quarto, quinto... ai, meu bem, perdi a conta.

— ...

— Sétimo botão? Olha, estou cego. Mãezinha do céu. Não tem sétimo!

80

Você menina passeia no campinho bem verde. Sopra um vento forte. De repente nuvem negra. Raio e trovão. Olha, a terra foge a teus pés, se rasga em fundos buracos. Corra e salte por cima das fendas. Chegue à beira do precipício, ali um vulto de costas. Chapéu e capa preta. Pronto ele se vira. Não tem rosto. Abre a capa — todinho nu, ereto. Ergue o braço, vai te agarrar: ele ou o abismo? E, com um gritinho, você acorda.

81

— A glória de uma loira nua nos teus braços de que vale se não é o triste corpinho da bem-querida?

82

Para ele o rico pastelzinho. Para ela o cheiro de fritura no cabelo.

83

— Já ouviu ela te dizer *não gosto mais de você, cara*? E já viu dois trapezistas combinando um salto-mortal? Rufam os tambores, o apanhador bate palmas, um brado — *Hop!* O outro ganha impulso, livra os joelhos da barra, gira três vezes... epa! salvo pelas mãos estendidas. Nessa hora o que a bem-querida faz? *Cruza os bracinhos* — e lá vou eu solto e perdido no ar. Lá vem o chão aos gritos na tua cara. Aqui, orra, já viu: o nariz do avesso? os cacos de dente? o coração arrombado pelas costas?

84

— Essa mesma dor-de-corno infinita que você deseja, sim, ao teu pior inimigo.

85

A mulher para a mocinha:

— Mas ele te bate?

— Não. Isso, não.

— Então? Está reclamando de quê?

86

— Minha irmã abortou no banheiro e veio ao meu quarto chorando. Com a mão fechada, perguntou se eu tinha coragem de ver. Abriu os dedos: ele cabia todinho na palma da mão.

87

O filho bebe para ter coragem de ir à casa do pai e desafiá-lo: tudo para as irmãs, nadinha para ele? Apê mais butique para Maria, não sei o que para Marta. E ele? Uns terreninhos sem valor no banhado. A discussão é geral, envolvendo a mãe e a irmã. Esta telefona para Marta, a mais velha, que venha trazer a paz.

O pai, indisposto, a mão no coração, se recolhe ao quarto. Ao chegar a Marta, já o irmão se foi, trôpego e furioso. Então a Maria se volta contra ela: traiu a sua confiança. Domingo, no almoço, revelou aos pais a sedução de Maria — aos 15 anos — pelo professor de piano.

— Não podia contar. Era um segredo. Do mais puro amor.

O marido de Marta quer defendê-la. Investem sobre ele a sogra e a cunhada:

— Você não tem direito. Não pertence à família.

Ofendido, ele se despede:

— Neguinha, te espero lá no carro.

A qual tenta se explicar e pede perdão, que é negado.

— O que devo fazer para você me desculpar? Quer que fique de joelho? Aqui estou, irmãzinha. De joelho e mão posta.

— Nunca. Você me traiu. Não tem perdão.

A pobre mãe com palpitação e as mãos na cabeça:

— Vocês me deixam louca.

Mal se arrasta aos lamentos e gemidos para o quarto.

— Louca varrida.

Pela outra porta, a Marta se retira, desesperada e soluçante. Meio da escada, ouve os gritos de Maria:

— Minha irmã, espera. Não me deixa. Me acuda, por favor.

Já desce os degraus, aos berros, o prédio inteiro à escuta.

— Estou nervosa, me desculpa. Me perdoa. De mim o que vai ser?

Voltam abraçadas, e Maria toda descabelada:

— Me olhei no espelho, e o que vi?

— Calma, querida. Fala mais baixo.

— Sabe o que vi? Uma velha feia. E odiosa. E gorda.

— Não diga isso, irmãzinha.

— Uma bruxa que eu sou.

— ...

— Quem pode gostar de mim? Me sinto desgraçada. Joguei fora a minha sorte. Perdi marido e filho. Hoje sem ninguém. Três meses de felicidade com o João — e no fim sumiu com o meu dinheiro.

— Esqueça. Era um pilantra.

— E agora, apavorada com as dívidas da butique. Se não sai o empréstimo? O que será de mim? Me acuda, por favor. O que faço, amiga? O que faço desta maldita vida?

Em casa, curtindo o porrinho, o irmão dorme em sossego.

88

No Passeio Público eis o viveiro de araras diante do quiosque do fotógrafo, que põe as mãos na cabeça:

— Orra, isso que é o inferno? Um bando de araras bêbadas?

89

Em casa, ao contar o episódio, o fotógrafo ouve da mulher:

— Pra mim, cara, o bando de araras bêbadas é você!

90

— Esses mortos, ingratos, que te esquecem tão depressa.

91

— Já sei dizer eu te amo em sete línguas: *Io... Je... Ich... I...*

— Ai, ingrata. Para os teus outros. Nunquinha pra mim.

92

— Puxa, que sorte a minha. Sempre na luta por um emprego. Balconista, vendedor de enciclopédia, sacoleiro. Até vigia de banco. Limpando a arma, epa! um tiro no joelho... Nem foi de propósito, pela indenização. Meses de fisioterapia. Quase bom, epa! tropeço aqui e ali: uma pedra invisível. A desculpa da crise e sou despedido. Acha pouco, ô meu? A mãe doentinha, lá se vão as economias. Seis meses na enfermaria e morre. Sabe a Marta, namoradinha desde menina? Me devolve a aliança. Noivo sem futuro, já viu. Passo no concurso de carteiro. Agora na lista de espera. Olha aqui, epa! o meu nome sublinhado. Nem tudo está perdido.

93

— Uma grande putinha é você?

— Sou. Eu sou.

— Uma cadelinha fogosa?

— Sim. Sim.

Ela ajeita o óculo para acertar o fio na agulha:

— Sou cadelinha. Sou putinha. Só me deixa pregar o botão nesta camisa. E daí sou tudo o que quiser.

94

A mãe defende o filho:

— Não é culpa dele ser assim. O pai só me procurava bêbado.

95

A mulher:

— Trate de comprar outro túmulo. Nunquinha vou ser enterrada ao lado da tua mãe.

— ...

— Deus é justo. Lá está ela morta. E eu aqui bem vivinha.

96

O moço lê a cartinha da mãe: cada falta de acento, ai que saudade... cada pronome trocado é um abraço... cada erro de ortografia, um beijo...

97

De volta da fisioterapia, a mocinha inválida:

— Quando ele me massageia a perna por que tanto geme e suspira?

98

— O primeiro marido tem dinheiro de sobra. E ela, uma vida regalada. Até o cara ser preso como traficante. O segundo marido ganha bem, mas judia dela. Arrasta pelo cabelo, morde, tira sangue. O terceiro, sargento reformado, é manso e quieto. Só que bebe até cair. Internando-o na clínica, ela recebe uma pequena pensão.

Logo se amiga com o tipo mais novo. Não se droga, não fuma, não bate, não bebe. Mas também não trabalha. Daí ela visita o marido no asilo: "Deus te mandou, minha santa. Você veio me buscar." Com dó, leva-o para casa e vivem os três da mesma pensão. O amante não está feliz, tem de dar banho e fazer a barba no sargento.

99

— Por que ele está demorando tanto?

Se pergunta no fim do dia a viúva inconformada, sondando tristinha pela janela.

100

Do alto dos jardins suspensos de teus seios, montes e coxas, ó rainha, governas o meu mundinho.

101

— Pois é. Ele mesmo, o pai do nosso João. Amoroso com a mulher, amigo dos três filhos. Pena que sempre em trânsito. Caixeiro-viajante, sei lá. Voltava com os braços carregados de presentes. Para um simples cometa, contador de andanças fabulosas. O melhor dos maridos, uma ou duas semanas, até a próxima saída.

Uma tarde chegou cansadinho. Guarda a velha malinha coberta de pó. Toma banho, janta, conversa pouco. Vai se deitar e dormindo parte no último trem.

Meses depois, a irmã de João vai a uma costureira provar o vestido de formatura. Vê na sala o grande retrato, em moldura oval dourada.

— Esse senhor, quem é?

— O falecido.

Repara no luto fechado da ruiva de cachinho, ainda bonitona. Dez anos de união feliz. Dois filhos pequenos.

Assim a família soube: as famosas viagens do pai eram na mesma cidade. Malinha empoeirada e tudo. Sem que ele mentisse. Odisséia mais longa é a que te leva e traz pelos sete mares de uma mulher.

102

A noivinha em pranto:

— São horas? Um homem casado? De chegar?

O boêmio fazendo meia-volta, no passinho do samba de breque:

— Não cheguei, minha flor. Só vim buscar o violão.

103

— Ó santa putinha. Ainda quer mais?

— Sim, amor. Sim.

— Você é uma cadelinha fogosa?

— Ai, sou. Sim.

— Uma cabritinha arretada que rebola pro teu macho?

— Sou eu. Mais. Ai, sim.

— Uma falsa filha de Maria, vestidinho preto, calcinha vermelha e Bíblia na mão?

— Ah, não. Essa de Bíblia, não.

104

Meio da noite, no silêncio do quarto, de repente o velho:

— Invade o meu lado da cama, ó grande gorducha...

— Ai, João. Que susto.

— ...e come no meu sonho o meu pedaço de torta!

105

O pai, aos gritos:

— Não me responda. Cala a boca, piá!

Ele responde, sim: um silêncio só de palavrões.

106

— Não gosta mais de mim, João?

— Que bobagem. Os meus sentimentos são os mesmos. Por que diz isso?

— Não me procura mais... fazer amor.

— E como posso? Olha pra você. Assim gorda. Tão feia. Toda velha!

107

— Não fale, amor. Ouça: o teu coração aqui batendo aqui na minha xotinha.

108

— Eu tinha 12 anos, fui pular uma fogueira, caí. O meu corpo incendiou. Um ano inteiro na ala dos queimados. Minha pele é toda repuxada. Homem que eu gosto, aviso. Algum, não digo nada. Com outro, não apago a luz. Mais de um já broxou.

109

— Já tenho outro no teu lugar. Pegue a tua escova de dentes.

— ...

— Aqui o teu pente marrom.

— ...

— Agora me devolva a chave da porta.

— ...

— Não. É já.

110

Boêmio, duas paixões: a cerveja e a matemática. Bebe, desata a prosear e se agita sem parança. Chama os amigos por outro nome, o verdadeiro: não Tito porém Sésamo, não Paulo e sim Pérsis. Viciado em baile, volteia nos braços da famosa rumbeira da orquestra do Genésio. Afinal casa por amor com a noivinha de 18 anos.

Do parto do filho, ela convalesce no hospital; anda pelo quarto e corredor, visita as outras pacientes. Ele dorme ao seu lado, inquieto sempre, fala sonhando. Sai pela manhã, a prestar exame na faculdade. De volta, risonho, bracejante, doutor com distinção. Abre a porta: o quarto vazio, todo arrumado.

Depara um vulto branco no corredor:

— A moça do 302? Com o nenê de dois dias?

— A moça... O senhor quem é? — diz a enfermeira. — Ela morreu.

Embolia no pulmão, o choque fulminante. Havia três horas, lá na capela. A que tinha medo de dormir só, sozinha e perdida entre os mortos.

Agora eu fico louco, ele pensa, doidinho de vez. Não ficou. Mão no queixo e perna cruzada, olhando para a noiva querida, até a hora do enterro.

111

— Ai, meu Deus. De tanto me beijar, seu puto, você marcou em brasa a tua boca na minha. Veja o que fez: não é meu este lábio todo mordido, não é a minha boca esta papoula viva de sangue.

Você fez de propósito. Estou perdida, cara. Assim que eu entrar em casa, ele olha para mim — e vai saber de tudo!

112

— Oi, filhinho. O papai estava morrendo de saudade.

— Viu, filhinho? É só de você que ele sente saudade.

— Dá um beijinho, filhão. Mais um. Outro mais.

— Eu não disse, filhão? É só você que ele beija.

— Agora um abraço, Junior. Bem apertado. Assim.

— Legal, né, Junior? É só pra você que ele... Não, João. Está louco? Socorro!

113

No sonho você persegue a bem-amada. De repente ela atravessa a rua e você pára, indeciso. Ai, não, lá vai ela... E você pára, olha dos dois lados — se não vem carro. Só então volta a andar, quase correndo. É tarde: maldito trânsito, mesmo dormindo. Tua querida sumiu e o sonho acabou.

114

A moça pendura a roupa molhada. Ao lado, a famosa tipinha:

— Essa corda, mãe, qual é o nome?

— Varal.

— Ah, sei.

— ...

— E por que você está vestindo o varal?

115

Araponga — ó sineiro Quasímodo de penas brancas que engoliu o sino.

116

A moça volta da ginástica reclamando de calor. Bebe avidamente um e outro copo d'água. O pai:

— Essa aí chegou com o radiador fervendo.

117

A nora mal suporta a sogra e proíbe-a de visitá-la na maternidade. Não é que, no primeiro banho do nenê, a moça descobre com horror no seu pezinho esquerdo os mesmos dois dedos grudados da velha bruxa?

118

— E a tua irmã, como é que vai? Tenho achado tão arredia, tão estranha. Não veio almoçar no sábado.

— Sabe o que é, mãe? Quer saber? Ela está grávida.

— Ai, meu Deus! Ai, meu Deus! O que foi que eu fiz? Isso eu não mereço. Que pecado dos outros estou pagando? Decerto dei muito incômodo pra minha mãe. Só pode ser isso. Ai, meu Deus, como é que isso foi acontecer comigo?

— Peraí, mãe. Está enganada. Não confunda a pessoa. Tá acontecendo com a Maria, não com você. Ela que está grávida e não você.

— E quem... quem é o pai?

— O João.

— Ah, eu sabia. Bem eu sabia. Ela continuou se encontrando com aquele vagabundo. Escondida de nós. Agora sei pra quem ligava de madrugada. Escutava o rec-rec do telefone e bem que desconfiei.

— Mas tudo bem, mãe. Eles vão casar. Ele já assumiu. Tá tudo dez.

— É bom que casem mesmo. Filho sem pai eu não aceito. Na minha casa ela já não entra. Se pensa que vou criar o filho dela tá muito enganada. Basta ter criado os meus, e sabe Deus com quanto sacrifício.

— Mãe, quem tá falando em você? Ela é a mãe. Ela cria. Só vim contar que tá grávida, não que você vai ser babá.

— É bom mesmo ela criar. E, se não tiver capacidade, que deixe no orfanato.

— Ih, mãe. Se ela deixa, a gente vai buscar, né?

— Essa não. Foi tudo premeditado. Fez isso só pra me humilhar. Pra onde eu vou com a minha dor, a minha vergonha? Ela com aquela barriga não me apareça aqui.

— Tudo bem, mãe. Fique ela com a barriga. E você com a vergonha.

— Ah, mas eu troco a fechadura da porta. Aqui não pisa nunca mais. Ai, meu Deus, por que é que eu fui ter filho pra sofrer desse jeito?

— Ai, mãe, pára! Ela é que tá sofrendo, não você.

— Isso mesmo. Ela vai sofrer. Agora vai ver o que é ser mãe. Alguém pra fazer com ela o que está fazendo comigo. Pagar tudo isso. Que ela não se engane. Deus existe. Com essa barriga até o emprego ela vai perder.

— Pô, mãe. Se cada vez que eu errasse Deus agisse assim, eu tava perdida. Já pensou? Eu ia lá e Deus pra mim: "Tô de saco cheio com você. Vire-se, guria. Já troquei a porta. E a fechadura. Aqui não pisa mais." Poxa, eu tava perdida. Você tava perdida. Tava todo mundo perdido.

— É. Mas Deus é Deus. E eu sou humana.

— Isso aí. Tua vez de exercer a paciência, a tolerância, o perdão. Pô, mãe não é uma só? Qual é a do coração de mãe? Sofrer no paraíso, né?

— Pra você é fácil falar. Não tem filho.

— Belo exemplo você me dá, antes não ter mesmo.

— Bem o teu irmão disse que eu devia ter um só. Melhor não ter tido nenhum. As minhas aflições multiplicadas por três. Por que não larguei vocês lá no hospital? Por que, meu Deus?

— Orra, mãe. Agora eu também? Que papo esse de me deixar no asilo, já pensou? E a festa de ter nos braços esta filha de tuas delícias?

— Ah, ingrata. Você ainda brinca. Soubesse o que eu suportei. A cada gravidez, dos nove meses quatro no hospital tomando soro. A minhoca que engoliu uma azeitona. Teu pai chegava com um prato de empadinha. Assim que ele abria a porta, eu vomitava lá na cama. Não podia nem escutar a voz dele.

— Agora tudo passou. E você tem três filhos preciosos.

— Ai, meu Deus. Como você é boba. Eu tô chocada, meu estômago embrulhado. Ai, castigo mais injusto. Nem vou mais ao aniversário da Marta. Como é que Deus tem coragem? Não quero falar com ninguém. Ó Deus, fazer isso comigo? Diga pro teu pai que não estou. Vou me fechar no quarto. Sozinha lá no escuro. Sem filha ou neto. Eu, minha vergonha, minha dor.

119

— Na nossa idade, ai, com esse frio, só peço uma boa canja, um copo de vinho, uma bolsa de água quente — e cama que te quero.

— Pois a tua bolsa quente, o teu copo de vinho, essa boa canja eu tenho lá na minha cama de 18 aninhos.

120

"Pai e Mãe — É sua filha arrependida que pede perdão. Depois de tudo o que sofri, espero me aceitem de volta. Prometo nunca mais discutir nem desobedecer. Sua desgraçada — Maria."

A mãe, depois de ler:

— Viu só a tua filha? Nenhum carinho por nós. Nem ao menos "queridos". Secamente: Pai e Mãe. Essa aí, quem quer de volta?

121

— Toda linda e gostosa. Pena tão cafona. Tanto se pinta e se enfeita, que diz o marido: "Olha eu de braço dado com um biombo do randevu Quatro Bicos."

122

— Essa grande pecadora que atira a primeira pedra, um sepulcro caiado de vermelhão...

— Ai, minha filha, minha filha.

— ...a campeã de todas as mães desalmadas...

— Tanta cólera, tanta fúria.

— ...quem pensa que é, maldita cadela do inferno, pra não me querer de volta?

— Pela tua boca, não vê? É a tua mãe falando.

123

No balcão da lanchonete, o senhor de terno e gravata, duramente:

— Uma cerveja preta e dois sonhos.

124

Toda mulher é uma assassina em série de corações — sempre te oferecendo, grandes ou pequenos, duros ou fofinhos, esses dois peitos com todos os frutos da terra prestes a serem teus.

Ai, que são teus, só teus — e te matam, ai e sim, docemente de gozo.

125

O paciente com leucemia:

— Sabe, doutor, o que dói mais? Não é a doença. Não é o sofrimento. Não é a morte em dois meses.

— ...

— É a saudade que desde já sinto da minha putinha.

126

Toda mulher é uma assassina em série de corações — sempre te oferecendo, grandes ou pequenos, duros ou fofinhos, esses dois peitos com todos os frutos da terra prestes a serem teus.

Ai, que são tantos e não são teus — e mil vezes por dia te matam docemente só de vê-los.

127

Primeira lembrança da infância: ela apanhando do pai bêbado.

— O mundo é dos maus. Tem de aprender desde cedo.

Sem dó batia com o rebenque. Na próxima surra:

— O que fiz de errado, pai?

— Se não fez é pelo que vai fazer.

E com mais força batia. Aos 14 anos, para fugir do pai, ela casa. E passa a apanhar do marido. Mesmo grávida, continua levando soco e pontapé. Assim teve quatro filhos. Eles cresceram e, revoltados, deram para beber, cheirar pó, roubar. O mais velho casou. Um dia ela foi visitá-lo, a polícia tinha levado. Embora triste, sabia que era dele a culpa. Aí o segundo filho, achando que a mãe os ferrou, nela acerta uma pedrada:

— Velha cagüeta!

Moravam na meia-água e alugavam o puxado nos fundos a um servente de pedreiro. Esse pagava direitinho o aluguel. Em troca recebia um prato de comida. O marido de Maria foi preso por bandidagem, ela sem dinheiro nem nada. O servente entrou na cozinha:

— Dona, se a gente fosse tomar uma cervejinha lá no bar?

— Como é que posso, João? Se nem leite eu tenho pros meus filhos.

O servente saiu e voltou com uma sacola. Ela fez o almoço. E pediu que não trouxesse mais. O que os vizinhos iam pensar? O marido preso e outro homem traz o mantimento.

— O trato era de receber um prato de feijão. Se a senhora não cozinha, onde é que eu almoço?

Passou o tempo, os filhos se foram — para onde, meus Deus? Os dois ficaram amigos. E depois íntimos. Ela, 45 anos, negrinha, nanica, banguela. Ele, parrudo, 20 anos mais novo, loiro cacheado. Antes que voltasse o bandidão, o casal foge. Achando trabalho longe numa fazenda. Três meses, lado a lado, na foice e na enxada, o dia inteirinho, sol e chuva. Só que o patrão nada de pagar. Uma noite, ele mais o capataz vieram ao barraco:

— Já tenho outro pro teu lugar. Podem fazer a trouxa.

— Tá bem. A gente sai de manhã.

— Não. É agora.

Lá se vão os dois, perdidos no escuro. Ele, com a trouxinha. Ela, atrás. Mais pesada, de cinco meses.

128

— Alô. Quem é?

— ...

— Não estou te ouvindo bem. Um momento. Deixa eu pôr o óculo.

— ...

— Agora, sim. Pode falar.

129

O namorado:

— Você tem o coração ingrato e a alminha pérfida...

— ?

— ...mas, ai de mim, é muito boa de cama.

130

— Se os cegos são tristes, que tanto vivem cantando baixinho?

131

— Meu namorado mora longe daqui. Se eu viajar, meu marido exige pra ele os filhos.

— E você?

— Não quero ficar. Não posso ir. Nem penso em desistir dos filhos. E amo demais o namorado.

— Ele, o que diz?

— Que deixe o maior com o marido. E leve o menor comigo.

— ...

— Ele não sabe que os dois são um só.

132

O marido para o melhor amigo e amante da mulher:

— Nunca se case, meu velho. Olha pra mim. Já viu alguém mais infeliz?

E o amante, ressabiado: Epa, será que ele sabe?

133

Vistosa e alta, casada com o anão de circo, tem três tiquinhos de gente. A amiga telefona:

— Oi, tudo bem?

— Aqui, a triste, chocando essa ninhada de naniquinhos.

134

Candinho se apresenta para a mulher de João:

— Minha senhora, venho me queixar do seu marido, que me roubou o Edu. Cuidei como de um filho, hoje estou velho. Ninguém por mim senão ele. Seu marido, moço e bonito, pode ter todos os homens e mulheres. Só peço que me deixe o único amor.

Ao chegar o marido, ela exige explicação.

— É verdade — ele diz.

— Então escolha. Eu ou esse aí.

— Já escolhi.

Mesma hora João sai de casa, abandonando a mulher e os dois filhos.

João e Edu ficam anos juntos. Um dia, mais uma vez, os dois brigam e João o expulsa de casa. Em desespero, Edu se queixa à mãe de João:

— Madame, sou um perdido e um desgraçado. Só a senhora pode me salvar. Conto com a sua piedade e o seu socorro. O João quer me abandonar. Já de cabelo branco, não sei ganhar a vida. Aprendi apenas a agradá-lo, que me acostumou com o melhor. Quando enjoa de mim, saio pela rua atrás de moço bonito para ele. Agora me expulsa por amor de outro, instalado no meu quarto. Como hei de viver, sem uma pensão? Se ele não me acode, só me resta morrer.

Procurado pela velhinha, João nem pisca:

— Esse aí? Fala de morte. Só que não morre.

Ah, é? Dia seguinte, Edu abre o gás, toma veneno, corta o pulso. Enquanto agoniza, escreve ao pérfido João o último bilhete. Com sangue desenha trêmulo ADEUS sobre o coração varado sem dó pelo teu punhal gotejante de mel.

João rasga-o em pedacinhos:

— Morreu, a Dudu Louca? Bem feito. Muito feliz com o meu novo amor.

135

O velhote, bem tristonho:

— Ainda fica duro, o carinha. Só que não trava.

136

— Olha pra mim, João...
Dois aninhos, e com a mão na cintura.
— ...quando eu falo com você.
Na pipilante boquinha da filha, epa.
— Vai ou não vai me comprar o...
O verbo iracundo e contencioso da mãe.

137

Bilhete deixado sobre a tevê:

"Com esta faca que você me deu, hoje eu faço o que você queria. Vou de terno azul, assim você pediu, e gravata preta. Ao encontro do teu primeiro marido, que você matou igual a mim. Não fique sossegada. Eu volto, querida. Para deixar você louca e te levar comigo. Você me odeia. Eu te amo. João."

138

Ao chegar em casa, do programa no motel, o marido é saudado com um grito pela mulher:

— Eu soube de uma coisa terrível!

Pronto, ele pensa, estou perdido. Ela descobriu tudo.

— Pô, o quê... Mas o quê... O que aconteceu?

— Mataram o filho do seu João!

— Urr... Orra. É mesmo? Pobre do seu João.

Te devo essa, Deus.

139

Maria para mãe de João:

— Por favor, o João está? Aqui, a Maria. É a mãe dele? A senhora não lembra de mim. Há um século, quero dizer, cinco anos, fomos colegas de faculdade, eu e ele. Isso aí, como passa o tempo. Ele casou? Legal Seguinte: sou redatora numa agência de publicidade. Precisamos de um cartaz. Me lembrei dele, formado em programação visual. Pode render boa grana. Só que é urgente. Ah, não tem telefone. Mas tem bip. O número é... Sim, anotei. A senhora vai contatá-lo? Meu número é...

Mãe para João, recado no bip:

— Meu filho, a Maria ligou. Foi tua colega. Tem uma proposta. É urgente. Número...

Maria para João, recado no bip:

— Oi, João. É a Maria. Lembra de mim, da faculdade? Me liga. Assunto do seu interesse. Urgente. O número é...

Rita para mãe de João:

— Dona Laura, aqui é a Rita. Quem é essa Maria que ligou? Já deixou dois recados. O que ela quer? Sim. Um cartaz. Sei, sei. A senhora lembra dela. Loira, bonitinha. Sei. Dou o recado.

Rita para João:

— Oi, amor. Tem uma tipinha bipando sem parar. Tua mãe diz que foi tua namorada. Maria. Ah, sei. Velha amiga de faculdade. Parece que é um cartaz. Uma história mal contada.

Rita para mãe de Maria:

— A Maria está? Não. Na agência. Aqui é uma amiga. Pode dar um recado? Que ela seja moça decente. Trate de se comportar. Deixe em paz o marido das outras.

Rita para João:

— Oi. Liguei para a tal Maria. Não estava. Deixei recado que te deixe em paz. Pare de ser oferecida e vigarista.

João para mãe de Maria:

— A Maria está? Ah, é a mãe dela. Aqui é um amigo. Pode dar um recado? Que ela me deixe em paz. Por favor. Pare de ligar pra minha casa. Está criando um caso com minha mulher. Só isso: que pare. Me esqueça. Ela sabe quem é.

Mãe para Maria:

— A Maria está? Ah, em visita a um cliente. Não, sem recado. Ligo depois.

Maria para João, recado no bip:

— Oi, João. Recebeu o recado? O cliente autorizou o cartaz. Me dá retorno. Estou na agência. O número é...

Dona Carlota para o filho:

— Oi, Júlio. Deus te abençoe. Tem gente ligando pra cá. Deixam recado anônimo pra Maria. Com insulto e ameaça. Sabe que ela rompeu com o Luciano, não é? Desconfio que é da parte dele. Sempre gostou dela. Agora não se conforma.

João para Maria:

— Pô, você não desiste? Não acredito. De novo, pô. Nada de proposta. Não interessa. Cartaz, pô nenhuma. Pára com essa perseguição. Estou casado. E bem casado. Não quero nada com você. Me deixa em paz. Vê se me esquece, tá?

João para Rita:

— Ouviu tudo? Está satisfeita?

Júlio para Luciano:

— Olha, cara. Pára de ligar pra minha casa. Já deixou minha mãe doente. Isso eu não admito. Chega de intriga. Sei que é você. Quem mais capaz de tanta baixeza? Você nunca me enganou. Não bastam os cinco anos que fez minha irmã perder? Se foi ela quem rompeu não interessa. Pára com isso. Ou se dá mal. É o último aviso.

Luciano para a delegacia:

— Alô? Delegacia de polícia? Quero dar queixa contra um indivíduo perigoso. Sim, ameaça de agressão física e morte.

140

O meu amor
é um barquinho bêbado
errando ao longo de Ítaca
jamais alcançada
Nas curvas do teu corpo
vagueio pelos sete mares
e mais um
Na tua boca aprendo a beijar
em todas as línguas
vivas e mortas
Visito Calipso Nausica e Circe
na unha azul do teu mindinho do pé
No teu umbigo me assombra
um unicórnio branco de pintas pretas
Assisto no teu ventre
ao galope de hipocampos fosforecentes

Na tua orelha direita
ouço o cantiquinho das sereias
e cravado no mastro dos teus braços
já me afogo
no remoinho de suspiros e delícias

141

A mulher do velho poeta:

— Em vez de ganhar dinheiro, você fica aí sentado cantando o mesmo versinho!

142

— Ai, mãezinha. Como está gorda e feia. Será que vou ficar igual a você?

— Calma, querida. Não deixo isso acontecer. Amanhã começo nova dieta. E volto a ser como eu era na tua idade.

143

— Me arrasta pra cama e faz o que bem quer. Depois me cobre de tapa. Tira sangue do nariz. Rasga meus três vestidos. Me quebra o óculo novo. Mais o dentinho da frente. Ajeita o chapéu de lado: "Pode esperar, neguinha. Que eu volto." Esse o meu puto gostosão.

144

Conversa de piá:

— Pra você, qual é a mais bonita, dona Maria ou dona Marta?

— Dona Maria é mais bonita. Mas dona Marta é mais bonita que a mulher do Jorge Turco.

145

Cartão-postal de Curitiba:

Pare na primeira esquina e conte os minutos de ser abordado por um pedinte, assediado por um vigarista e trombado por um pivete — se antes não tiver a nuca partida ao meio pela machadinha do teu Raskolnikov.

146

Tic, tic, tic, lá vem o ceguinho, óculo preto e bengala branca.

Alguém bate bola na calçada — tac, tac, tac —, como ele sabe que é menina? Tic, tic, segue em frente.

Na esquina, quem batuca na caixinha de fósforo — tec, tec, tec? O vento lhe sopra que é um malandro? Tic, tic, tic, nada o distrai.

Quem arrasta a sandália de couro — chap, chap, chap? Você lhe diz que é uma pobre velhinha? Tic, tic, sempre adiante.

Agora o salto alto retinindo na pedra — toc, toc, toc. Uma voz lhe conta que é mocinha e bonita? Tic, tic, ti... a bengala no ar titubeia e pára. Lá vai o saltinho faceiro, toc, toc, toc. Ele faz meia-volta.

Tic, tic, tic, tic. Depressinha.

Toc.

Tic, tic, tic.

Toc.

Tic, tic.

Toc, tic. Toc, tic. Toc, tic.

147

Melhora muito o convívio de Sócrates e Xantipa assim que um deles bebe cicuta.

148

Gorda grotesca de coxa grossa
mestra no embuste doutora na fraude
famosa cafetina do talento alheio
galinha pesteada que come os olhos dos
pintainhos
falsa loira cavadora de louros
bicha cabeluda onde toca espirram verrugas
negras
toupeira cevada nas larvas da traição
entre a vassoura e o chinelo corre maldita corre
ó barata leprosa de botinha e liga roxa

149

— Quem podia com esse aí? Aos 11 anos, um caso passional com certa galinha carijó. O bolso esquerdo sempre furado pela mão viageira. Furtava as moedas no cofrinho da irmã. Bebia, jogava, seduzia criadinha. Do Colégio Marista fugiu travestido de padre. Tinha três noivas na mesma cidade. Reinou mais que Dom Pedro I. E tudo pagou ao casar com a Gracinha.

150

Todinha nua, orgulhosa:

— Na cama em que me deito não cabe outra mulher.

151

Meio da noite o velho acorda aflito. Lá fora o chilreio da passarada.

— Manhã e tudo escuro, como pode ser?

Ai, nem canto nem pássaro. Sim o alegre búzio da surdez marulhando no teu ouvido.

152

— Ai, amor, ai. Pára. Não quero. Isso, não.

— ...

— O que está fazendo? Está louco, João?

— ...

— Tarado. Bruto. Maníaco.

— ...

— Ai, amor. Você me mata. Tudo menos isso!

— Quietinha.

— !

— Assim. Não fale. Sinta.

153

— Esse calhorda, esse trêfego peralta, esse morfético...

— Peraí. Quer xingar? Tudo bem. Uma questão pessoal. Só que morfético, não. Morfético tem lepra, uma infecção na pele. O cara é, sim, alcoólatra. Chegado a uma bebida. É diferente.

— Como ia dizendo, esse trêfego peralta, esse morfético, esse bebum...

154

— Está bem, amor. Me beija. Faz tudo o que quiser. Só não me peça que abra os olhos. Sagrado é o meu sono de beleza.

155

E assinou a cartinha de amor: a cauda em riste do dragão fogoso.

156

À passagem da tua bem-querida
um a um os carros estacionados disparam o
alarme
nas esquinas todos os semáforos acendem o
verde
os pipoqueiros distribuem pipoca com mel e
algodão doce
em cada vidraça pronto florescem os vasinhos
de violeta
os muros apagam as pichações e escrevem o nome
dela
à sua volta revoam sete pombas brancas
de galochas vermelhas
alumbrados míopes e coxos atiram para o ar
muletas e óculos

nos pedestais os heróis esquecem que são bronze
e batem palmas
em todo jardim rosas lírios orquídeas
alegremente cantam
à passagem da tua bem-querida

157

Casada por amor aos 17 anos com o garboso cadete de bigodinho. Primeira noite, ao sair vaporosa do banheiro, um bicho nu e cabeludo ali no quarto. Aos berros, passa a espancá-la, único modo de se excitar. Uma posta sangrenta de carne — e quer ainda que goze. Ciumento, deixa-a trancada em casa. Grávida, continua a apanhar. Nada lhe vale a sogra, ao lado do filho.

Na luta a mauser cai-lhe na mão, ela atira, acerta-o na virilha direita. "Um acidente, doutor", ele diz, "enquanto limpava a arma." Operado, gesso na perna suspensa, exige que o cavalgue, enquanto a enfermeira bate à porta.

Aconselhada pelo advogado: se queixe à polícia, compre um revólver, mate-o com tiro certeiro, esconda-se por 24 horas. A absolvição, ele garante.

Ora, o marido é simples cadete. A moça dá parte ao comandante. Protetor, ele marca encontro no Quatro Bicos. Duas vezes por semana, ela sai do quartel braço dado com o distinto. E o cadete? Bem se remorde de fúria. E bate continência. Em jogo o futuro na carreira das armas.

158

O velhote assanhado:

— Só alisar o queixo, um tapa na bundinha — e pronto!

159

"João, tua mulher é amante do doutor Pedro e não é de hoje — Um amigo."

160

"João, eu parti para sempre, cuide bem das crianças, são um pedaço do meu coração, não esqueço tudo o que fez por mim, você me deu até o que não tinha e eu? não passo de uma perdida, sei que não mereço o teu perdão, fugindo na minha idade, já pensou? caso me veja com o outro finja que não me conhece, louca! o que estou fazendo? aqui o último beijo da que foi sempre tua — Maria."

161

No ambulatório, a mãe amparando o menino de três anos, apático, olho vidrado, perninha bamba:

— Nada não, doutor. Só dei meio copo de pinga.

— ...

— Matar as bichas do piá.

162

— Meu marido me chamou de lazarenta. Ah, é? Tomo 40 comprimidos e um copo de vinho doce.

— ...

— Corto o punho esquerdo.

— ...

— Enfio na cabeça um saco plástico.

— Pô, e daí?

— Ele me deixa no pronto-socorro e vai embora.

163

A mocinha:

— Já reparou que a mãe serve só pra você passar vergonha?

164

— Ai, docinho. Como você é linda. Me lembra a cadelinha Fifi que eu gostava tanto. Um beijinho, deixa.

— Não comece, você.

— Essas duas tetinhas. Ou são três? Ai, eu não mereço.

— Ih, cara. Eu já me visto.

— E essa barriguinha... Ai, mais um beijo, só unzinho. Eu morro, olha, nem uma pulguinha.

165

Curitiba é uma boa cidade se você for a barata leprosa e pálida de medo.

166

— Ontem, na festinha do primeiro ano de nosso filho, a mulher estava muito calada. Fria, distante. Ficamos sós e perguntei o que era. Sabe o que respondeu?

— ...

— Está apaixonada por outro, que aceita o meu filho. E daqui a três dias ela vai me deixar.

167

A barata — hóstia da náusea metafísica que se oferece às três da manhã na tua missa negra da insônia.

168

— Quase matei de tanto surrar a minha irmãzinha de quatro anos. Ela precisou ser internada. E por que tinha de contar pra mãe tudo o que eu faço com minhas amigas?

169

— Para você, grande putinha, amor é tudo te perdoar? Sofrer as tuas mil perfídias e traições? Por outro vê-la ganir de paixão? E rastejando agradecido te beijar o pezinho? Bem sei: você corta o rabo da lagartixa, cresce outro mais bonito. Isso que é, sua maldita? Isso que é amor?

170

O tiquinho de gente se inicia nas artes do lápis de cor.

— Esse desenho tão bonito, minha filha, o que é?

— Ai, mãezinha. Você não vê?

Uma floração psicodélica de riscos e rabiscos.

— É o barulho do sol acordando.

171

— Para transar, o meu marido me passa talco no corpo inteiro: eu, nuazinha, com uma chupeta vermelha na boca.

Quando vou comprar na farmácia, digo que é para o meu filhinho, que nem tenho.

172

A velha:

— Por que você abre a boca, João, quando olha pra cima?

— Não sou eu. É o queixo que cai.

173

A tipinha de dois anos para a avó religiosa:

— Que livro bonito, vó. Acha pra mim a letra M.

— Deixa ver. Aqui está.

— M de Maria. Que nem eu.

— Agora olha a letra V.

— V de vaca.

— E a letra O.

— O de ovo.

— Muito bem. E aqui a letra T.

— T de Jesus, né, vó?

E aponta o pobre homem ali pregado na parede.

174

O filho excepcional de 11 anos, grandalhão, barba de homem, cheiro de homem, bem-dotado como um homem. Ao ser vestido pela mãe, todo se excita, ela foge do contato. Dorme ainda no quarto dos pais. No sono, morde a língua, geme, se bate, nenhum remédio o acalma. O marido, irritado pelos gritos, vai deitar na sala. A mulher se coça, feridas pelo corpo, será dos nervos? Os pés inchados sobram dos sapatos. Pior é o medo de ser abandonada. Se ele me deixa, quem vai me querer? Ai, nem pensar. Uma dona assim podre? Um filho debilóide com ereção? Ela usa calça comprida e blusa fechada até o pescoço. O rosto borrado de creme, pó, rímel. Os cabelos ficam no pente, olha essa mão trêmula. Se o cara me larga, o que será de minzinha?

175

Chuvinha de Curitiba, ai, goteja na tua alma perdida, desfaz a trouxa na cabeça da formiguinha, embaça o óculo do míope, derruba do galho o pardal encharcado, molha a meia dos vivos, lava o rosto dos mortos.

176

— João, o pior dos maridos?

— ...

— Certo. Mas é muito meu.

177

— Na minha idade sou mais o Eclesiastes que o Cântico dos Cânticos.

178

— Essas tuas sandálias de Sulamita para me espezinhar. Esse teu chicotinho de Jezabel para me flagelar. Esse teu ventre de Salomé para me abrasar. Essas tuas unhas de Dalila que me arrancam docemente os olhos — e a vida.

179

Bilhete deixado na mesa da cozinha pela menina de 13 anos:

"Diga pra mãe que eu estou grávida do seu João."

180

Enfim sós, e a velhinha toda meiguice:

— Mais um dia em que me arrependo de ter casado com você.

181

Essa gente não gosta de mim. Só da escrava que é boa cozinheira e bem-mandada. Tudo faço quietinha, sem boca de pedir. Conheço o meu lugar no fogão e no quartinho dos fundos. Uma vida de canseira, mau trato e abandono. É certo que eles sejam felizes? E eu, a pobre de mim, nunquinha?

Levanto antes das seis e sirvo o café, arrumo a cozinha, abro a porta da garagem, mesmo com chuva. Cinco anos cuidando da casa e dos cachorros. Sou a última que dorme.

Acabo de limpar a pia e deixo ao lado o detergente. Se eu pingasse umas gotinhas verdes no feijão? Naquele dia todo mundo tem dor de barriga. Bem que eu acho graça.

Daí capricho na comida gostosa. Na sopa, no caldo, no suco mais umas gotas. De preferência com soda cáustica. A dona é a primeira que fica doente de cama. Com pressão baixa e tontura. O doutor no escritório tem piriri e batedeira de coração. As duas meninas se torcem de cólica no colégio. A maior desiste do campeonato de vôlei.

Mais tirana é a caçula. Deitada no sofá vendo tevê. Aos gritos: "Ei, Chica. Me dá água gelada. Me dá suco. Me dá coca." Bem que eu dou. Antes pingo umas gotinhas azuis. No suco de laranja, muitas gotas. No café com leite, ainda mais. Ela volta gemendo das aulas, com as mãos na barriga.

Os restos da refeição eu jogo no lixo. No quarto, como um pedaço de pizza fria. Aos cachorros dou ração.

Sou revoltada desde menina, o pai me batia com rabo de vaca. Por causa das feridas tive de raspar o cabelo comprido até a cintura. Dez anos eu namorei um cabo da polícia, que no fim casou com outra. Sempre fui doméstica, despedida de uma patroa para outra pior.

Acho que a dona está desconfiada. Tenho de aumentar as gotas. Um novo desinfetante vermelho, de caveirinha. Se eles morrem a casa não fica pra mim? Eu e os três cachorros. Muito regalados da vidinha.

182

João e Maria da crônica policial são os teus mais fiéis plagiadores.

183

Já deitados, luz apagada. Ela fala para as costas dele:

— É triste, não é, velho? A gente cria os filhos com tanto amor. Em troca recebe o quê?

— ...

— Não é, velho?

— É, é.

— Tanto sofrimento. Tanta luta. E depois? Só ingratidão.

— Hum, hum.

— Ei, tá dormindo, você? O que eu falei agora?

— Hum... a gente sofre...

— Você se mata. Dar o melhor pra eles. E esses desnaturados? Cortam em pedacinho o nosso coração. Ei, tá me ouvindo?

— Tô, tô.

— A gente sofre tanto, não é?

— Hã, hã.

— Quanto mais... Ei, velho. Não é que tá roncando?

184

A menina para a mãe:
— O tio buliu na minha periquitinha.

185

— Mulher é feita pra sofrer. Mas o velho, tadinho, dá pena. Cabeça baixa, tristonho, suspirando pelos cantos. Não bastou a ingratidão do filho. Agora a perdição da menina... A preferida, já pensou? Tremo só de pensar, o revólver lá no guarda-roupa. Será que...

Sob a janela, o velho aposta com o canarinho — que ares, que flores, que céu azul — quem assobia mais alto.

186

— Nunca tomei um copo d'água sem dar metade pra ela, que no fim me traiu.

187

— E qual o problema com a Maria?

— Ah, ela é boa, é carinhosa, é trabalhadeira.

— ...

— Mas, pô! Nadinha de peito.

188

— Oi, cara. Que bom te ver. Pô, sabe do quê? Estou perdido.

— Estamos todos, meu velho.

— Não, não é isso. Saí de casa justo para... Muito importante. Caso de vida ou morte. Mas o quê?

— Ora, acontece todo dia.

— Aqui dando mil voltas. Que pô de praça é essa?

— A minha, a tua Praça Osório.

— Do teu nome já não lembro. Nem o dessa maldita cidade.

— Ei, meu chapa.

— Tentei telefonar — e para quem? Será que esta aliança no dedo?

— Fala mesmo sério?

— E o nome, cara? Pô, qual o meu nome? Esse outro no meu corpo... quem é?

— ...

— Como voltar pra dentro de mim? Ai, me acuda, se é meu amigo. Por favor, me leva pra casa.

189

Emburrada, a pessoinha para o pai na porta do Jardim:

— Cadê a minha mãe?

— Não pôde vir.

— É você que vai me levar hoje?

— Sou. Entra no carro.

— E não veio mais ninguém?

— Não. Sobe logo.

— Eu vou ter de ir sozinha com você?

— Sim. Vamos lá.

— Eu prefiro dormir na escola.

190

No canto do pátio o doidinho vaza os dois olhos com os dedos indicadores. Sem um ai. Atendido no pronto-socorro, cego para sempre. E dia seguinte pelo psiquiatra:

— Por que fez isso, João?

— ...

— O que você não queria mais ver? A tua imagem no espelho?

— O doutor não conta pra ninguém?

— Fala, João.

— Uma voz... lá no canto escuro. Ela, sim. A voz do espírito foi que mandou.

191

— Toda noite ele volta de madrugada bêbado e cheirando à tipa de boate. Para ter companhia, a mulher compra uma família de periquitos. Tão amorosos, sempre juntinhos e se beijando. Ela cansa de esperar por quem não chega. E, de peninha, antes de se deitar, solta-os da gaiola para voejarem pela sala. Sobre a mesa o bilhete: "Cuidado. Não pise nos periquitos."

Três da manhã, tropeçando no escuro, o marido sente no rosto o vento da asa da imbecilidade. Ainda não, ó morte — e não quer ir docilmente por essa noite armada de bicos e unhas. Raiva, raiva, se bate aos socos, uivos e pontapés com os íncubos guinchantes da loucura.

De manhã a mulher entra na sala e vê o monstro, roncando e babando no tapete, coberto de penas verdes. E, pelos cantos, no último suspiro, os seus amados periquitinhos.

192

— Ora, direis, ele se repete. E eu vos direi, no entanto, como poderia se cada personagem é baseado numa pessoa diferente?

Se alguém se repete são elas, essas pessoas iguais, sempre as mesmas. Pô, destino próprio, história única, vida original — não há mais?

193

— Audácia da tipinha, já pensou? Uma menina, mal fez 14 aninhos. Ah, despedi na mesma hora, fui obrigada. Não é que se apaixonou pelo meu João, acha que pode? Ao retirar a mesa, ela separava o prato dele. Depois comia os restos, usando o mesmo garfo. Quem essa pobre coisa pensa que é?

194

Olhinho perdido na janela, suspira o velho:
— O que será o meu canarinho anda fazendo?

195

— Se um de nós faltar... ai, João...

— Durma, velha.

— ...o que vai ser de mim?

196

Nem a alavanca de Arquimedes para deslocar a inércia do meu mundinho.

197

— Maria, como é que você dobrou o João, esse flagelo das mulheres?

— Não dobrei o João — eu dobrei os joelhos.

198

— Não vou a lugar nenhum e, ai de mim, todo dia acabo chegando lá.

199

— Assim é muito fácil. Ela te deixa por outro. Depois fica ligando só pra chorar.

— Isso aí.

— Diga não, ô cara. No teu ombro, não. Que se dane, a maldita.

— Sei, eu sei. Só que eu também tenho ligado pra ela e chorado.

200

Tristeza é ver florindo o vasinho de violeta no quarto da filha morta.

201

O solitário, abrindo a porta da casa deserta:

— Ei, minha gente, cheguei!

Juntos alegremente respondem o irmão caruncho e a irmã baratinha.

202

Amor — esse mesmo dedo amputado que se ergue e te aponta.

203

— A minha é a casa das quatro meninas. Sem contar a velha, a neta e a cachorrinha. Pendurados em cada canto, já viu, tanto sutiã, quanta calcinha? Todos os modelos, cores e tamanhos? A primeira filha nem casou, já separada. Bom moço, trabalhador, tem paixão por ela. Vem aqui ver a criança, os dois bebemos um copo de vinho, a neta no meu colo. Não me conformo e pergunto: "Minha filha, me explique. O que aconteceu?" E ela: "Nada aconteceu, pai. Só que o amor acabou." Fim do amor, adeus ao marido? Levo e trago a neta do colégio, assim me distraio. Já pensou, cara? Se um de nós, alegrinho: Tiau, minha velha, o amor acabou?

A segunda é dançarina de boate. De boate, cara. Já pensou? Em nosso tempo, orra, uma bailarina! E de boate, pô. Outro dia trouxe o convite para *Uma noite na Arábia*. Minha velha insistiu e fomos. Não é a nossa filha bem-querida? Lá estamos na mesa de pista. E sabe o quê? O *show* até que bonito. E a menina dança direitinho. Apareceu na tevê rebolando numa roda de garotas. Eram sete, pô, qual delas? A outra filha apontou: "Essa aí, pai. Essa de bundinha empinada." Isso aí, ô meu. Que filhas, que tempos.

A terceira botou a mochila nas costas e saiu de viagem. Sozinha, pô, lá se foi. Pedindo carona, dormindo em albergue, lavando prato. Liga de madrugada pela diferença de horário. Ao fundo uma zorra, conta que pintou o cabelo de três cores. E furou a orelha pro sétimo brinco. Pergunto onde ela está? quando volta? Daí cai a linha. Toda vez, orra. É o apito do trem para Istambul? Nessa hora, pô, cai a linha. A conta do telefone, já viu. Importa é que ela está se divertindo. Na dela, numa boa. Já pensou, velho? Naquele tempo, se um de nós. Melhor não pensar.

A caçula, essa, decidiu se juntar com o namorado. Ficar com ele, sei lá. Vem uma delas, me pede o que não pode. Orra, eu de pronto: não e não. E as quatro, em coro: "Ai, pai. Essa não, pai. Corta essa, pai." Se acham o que, princesas? bastardas de qual rei deposto? E a nós cabe servi-las? Rei, quem, eu? O último dos varredores, isto sim, da bosta dos camelos do rei. E daí, cara? Me diga, você. O pai? já não conta. Ele ouve. E paga. E agradece aos céus. Podia sempre ser pior. De todas, já viu, a única que nunca me mordeu? Foi a cachorrinha.

Com tanta mulher, olha eu sozinho em casa. A velha e a cunhada em Miami fazendo compra. A primeira filha viaja com o marido em busca de reconciliação. A dançarina? Uma semana de *show* em São Paulo. A terceira? pede carona lá na Grécia ou Turquia. A caçula, orra, no mocó do fulano.

Olha eu sozinho. Alguém, não é?, tem de cuidar da neta. Ela dorme. A casa inteirinha só pra mim. Muito em sossego no borralho. Então por que sinto falta: "Ai, pai, essa não, pai." O festival de sutiãs pendurados aqui e ali? As mil e uma calcinhas de todas as cores?

204

Lição de estilo: o último bilhete do suicida.

Lição de vida: um pedaço de papel em branco — o último bilhete.

205

Este livro foi composto na tipologia Minion, em corpo 13/19, e impresso em papel Offset $90g/m^2$ no Sistema Cameron da Divisão Gráfica da Distribuidora Record.